초록 채집

# 초록채집

글·그림

정현

알에이치코리아

나는 식물을 키우면서

두 가지 관찰을 시작했다.

첫 번째,

돌보며 관찰하기

두 번째,

산책하며 관찰하기

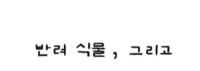

반려 식물 , 그리고

자연과 함께한 일상을

채집하고 기록한

나의 일기

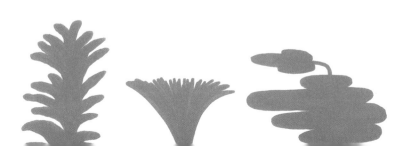

야자를 좋아하게 된 건 발리에 다녀오고 나서다.

내가 머문 호텔 테라스의 문을 열면,

고요하고 아름다운 야자나무 숲이 펼쳐졌다.

숲에는
이름을 알 수 없는
새들이 날아다녔다.

살면서 마주한 장면 중,

가장 평화로웠다.

발리 사람들은 아침마다 나뭇잎과 꽃으로 만든 바구니
'짜낭'에 향을 피워 제사를 지낸다.

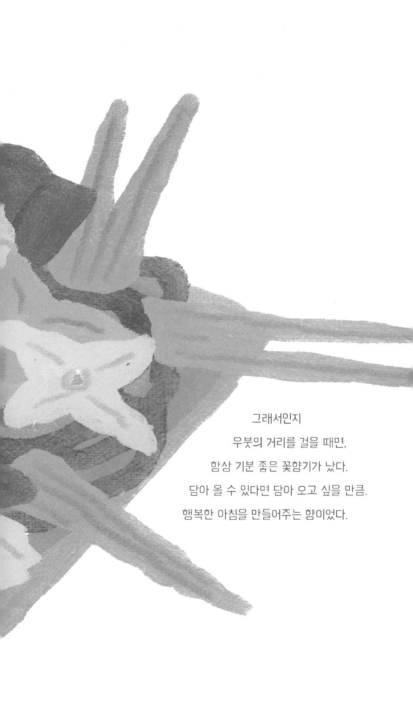

그래서인지

우붓의 거리를 걸을 때면,

함상 기분 좋은 꽃향기가 났다.

담아 올 수 있다면 담아 오고 싶을 만큼.

행복한 아침을 만들어주는 향이었다.

좁고 굽이진 동굴 속 오르막길 끝에 숨겨진 해변이 있다.
해변과 가까워질수록 동굴에는 짙은 바다 내음이 난다.

밝은 햇살이 느껴지기 시작하면
잔잔한 파도가 모습을 드러낸다.

시원한 파도 소리를 들으며 뜨거운 모래사장을 밟으면
눈앞에 무더운 여름의 해변이 펼쳐진다.

나의 상상 속 여름의 해변이.

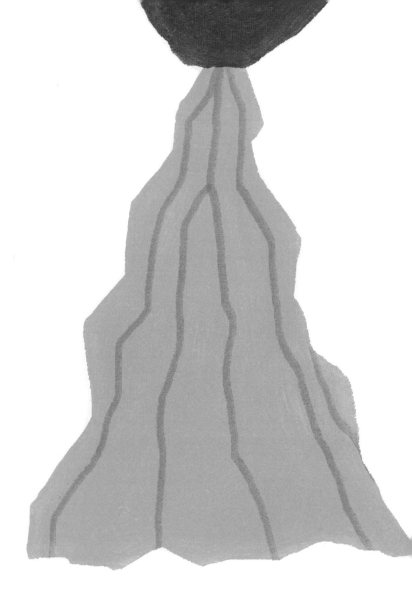

처음 식물에 관심을 가지게 된 건

행잉 식물이 유행이던 때.

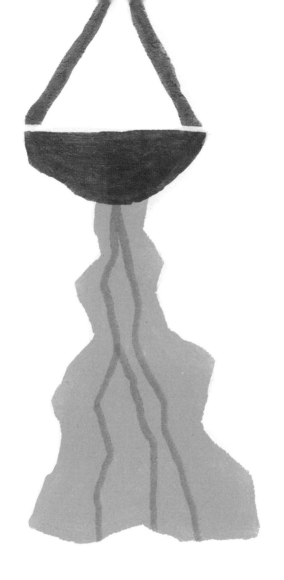

그땐 집에서 식물을 키우면
작은 벌레가 생긴다는 말에 꺼렸는데,
걱정과 달리 관음죽에서 발견한
깍지벌레를 제외하곤 보지 못했다.

가끔은 시도하기 전부터

걱정이 앞설 때가 있는데

막상 해보면 별것 아닌 일들이

훨씬 더 많다.

아름답기로 유명한 길리섬.

수영은 못하지만 열대어는 보고 싶어서

용기를 내 바다로 뛰어들었다.

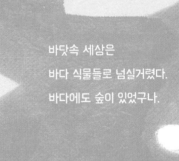

바닷속 세상은
바다 식물들로 넘실거렸다.
바다에도 숲이 있었구나.

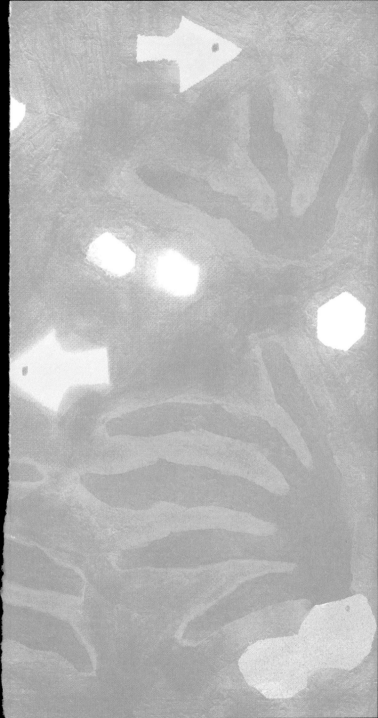

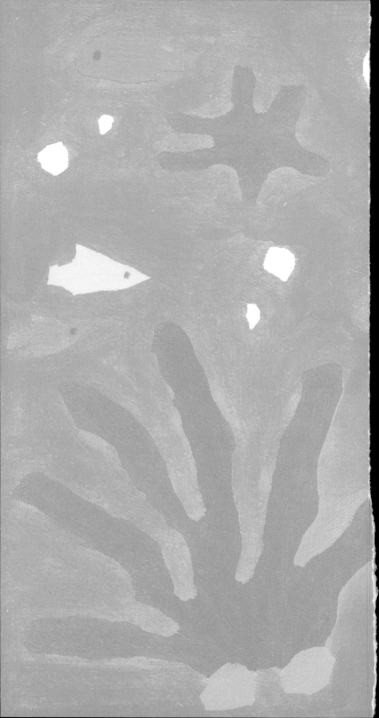

용기를 내면
새로운 세상이 다가온다.

세상에 이렇게 생긴 나무가 있을까?

끄적끄적 그린 그림인데,

똑같이 생긴 나무가 진짜 있었다!

아프리카 구근 식물은

잎사귀 모양이 엄청나게 다양하다.

형태가 특이해서 가짜 식물 같기도 하고,

비현실적으로도 느껴진다.

독특한 외관이 자꾸만 눈길을 끈다.

아침에 눈을 뜨면, 가장 먼저
침대 곁 작은 협탁 위에 놓인 테이블야자가 보인다.
덕분에 매일 기분 좋게 하루를 시작한다.

요 며칠 날씨가 흐려서 볕 드는 시간이 줄었다.
낮에 잠깐 들어오는 볕이라도 받을 수 있게
화분들을 창가 자리로 옮겨주었다.

아라우카리아에 물을 줄 때면
좋은 향기가 솔솔 피어오른다.

숲속에서 풀 냄새, 나무 냄새를 맡을 때처럼
기분이 좋아지는 향이다.

햇볕이 드는 방향의 잎사귀는 길게 뻗어 자라고,
반대 방향의 잎사귀는 짧고 촘촘하게 자란다.
키우기 전에는 대칭으로 자랄 거라 생각했는데,
막상 키워보니 볕의 방향에 따라
식물의 수형이 바뀌고 있었다.

우연히 방문한 카페에 나무로 된 가구들과
무척 잘 어울리는 커다란 아라우카리아가 있었다.

나중에 집을 꾸밀 때 참고하려고
그 공간을 사진으로 여러 장 담아두었다.

독립하기 전에 가족들과 살던 집에는 엄마가 키우는 식물이 있다.

늘 베란다 한편 가장 햇빛이 잘 드는 곳에 자리 잡고 있다.

식물을 올려두는 선반 위에는
여러 종류의 식물과 쓰지 않는 화분들, 물뿌리개,
그리고 작은 삽이 가지런히 놓여 있다.
시간이 흘러도 변치 않는, 기분 좋은 공간이다.

어릴 적부터 살던 우리 집은 저층이어서,
창문을 열면 바로 앞에 나무 한 그루가 보인다.

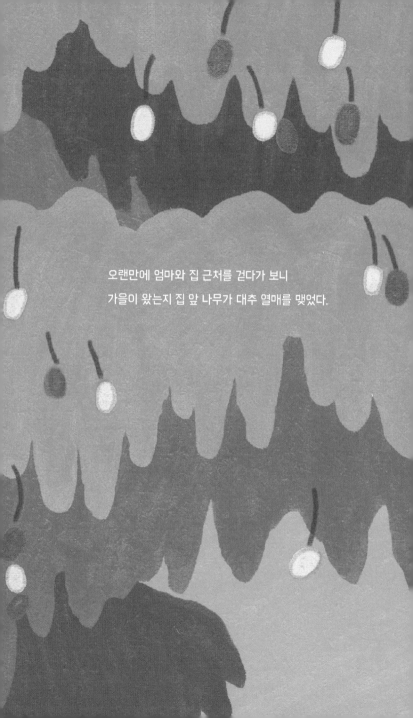

오랜만에 엄마와 집 근처를 걷다가 보니
가을이 왔는지 집 앞 나무가 대추 열매를 맺었다.

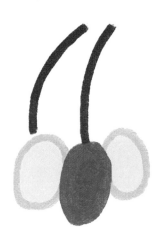

이십 년 가까운 세월 동안 이 나무와 가까이 살았는데도
우리는 이 나무가 대추나무인지 전혀 알지 못했다.

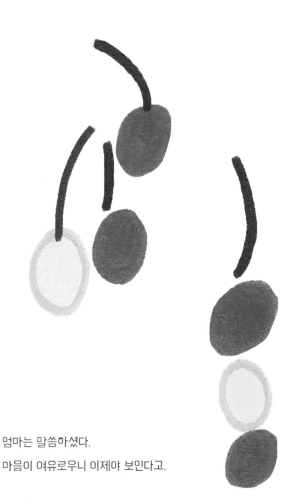

엄마는 말씀하셨다.
마음이 여유로우니 이제야 보인다고.

다양한 식물을 구경하고 싶을 때 화훼 단지에 간다.
크기도, 색도, 생김새도 모두 다르게 생겼지만
같이 있으면 조화롭게 어우러진다.
다양성이 공존하는 공간은 어디든 재미있다.

주말에 다녀온 화훼 단지는
지금까지 가본 곳 중 가장 규모가 컸다.

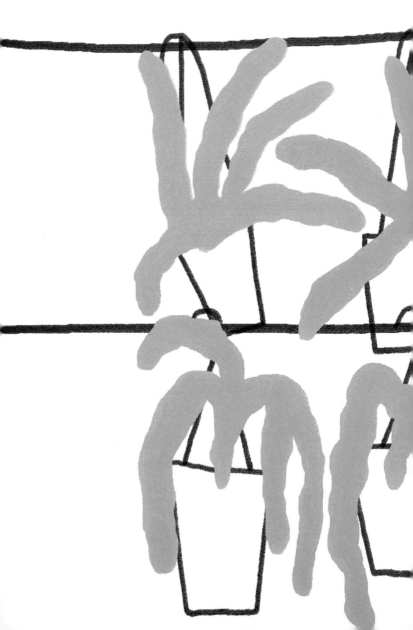

그 넓은 공간이 식물들로 꽉 차 있는데,
늘어선 행잉 식물들의 모습이 특히나 귀여웠다.

식물의 이름을 알고 나서 다시 보면, 그 식물이 새롭게 보인다.

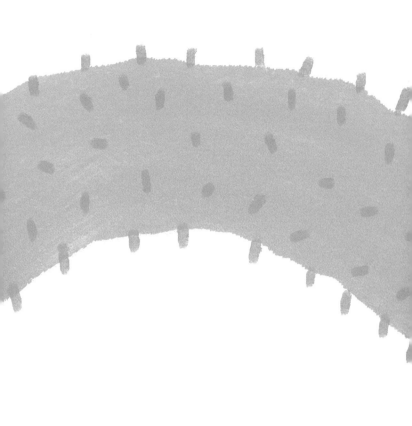

'폭스테일', '여우꼬리'라고 불리는 이 식물은
재미있는 이름답게 여우의 꼬리처럼 생겼다.
두께가 두껍고 길쭉하게 자라는데, 통통한 게 참 귀엽다.

큰 규모의 화훼 단지에서는
손수레를 끌고 다니며 마음에 드는 식물을 담는다.

제일 마음에 드는 것 하나만 골라야지, 생각했는데
수레에 한가득 싣고 다니는 사람들을 보니
하나로는 아쉬워져서 두 개나 더 구매해버렸다.

아스파라거스 나누스에 새로운 줄기가 나더니
며칠이 지나자 연두색의 파릇파릇한 잎이 자랐다.
식물마다 자라는 모습이 달라서
새로 들여온 식물의 성장을 관찰하는 일은 재미있다.

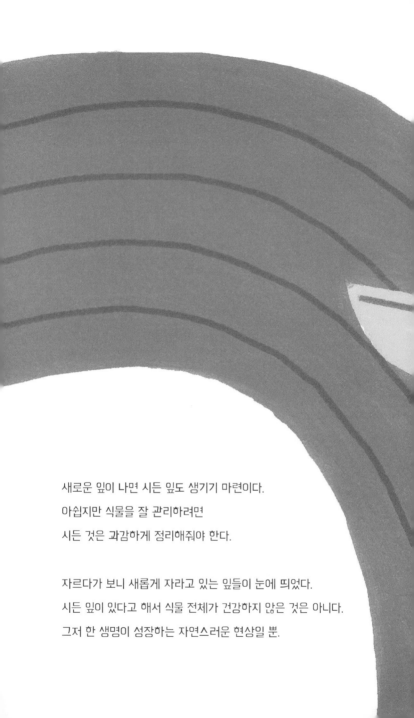

새로운 잎이 나면 시든 잎도 생기기 마련이다.
아쉽지만 식물을 잘 관리하려면
시든 것은 과감하게 정리해줘야 한다.

자르다가 보니 새롭게 자라고 있는 잎들이 눈에 띄었다.
시든 잎이 있다고 해서 식물 전체가 건강하지 않은 것은 아니다.
그저 한 생명이 성장하는 자연스러운 현상일 뿐.

아라우카리아의 잎을

가위로 정리하다 보면

기분 좋은 풀 내음이 난다.

식물을 다듬는 일이

즐겁게 느껴지는 순간이다.

사람마다 헤어스타일이 다르듯이

같은 식물도 관리를 어떻게 하는지에 따라서

식물의 수형이 달라진다.

우리는 살림이 많아지면 더 큰 집으로 이사를 간다.

식물도 몸집이 커지면 이사를 해야 한다.

화분 크기에 비해 몸집이 커진 테이블야자는
새로운 화분으로 이사할 준비 중이다.

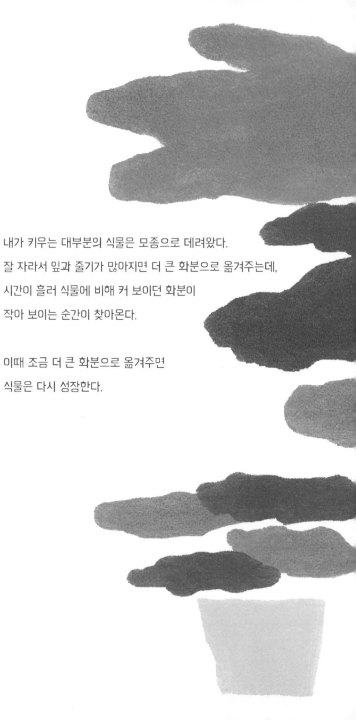

내가 키우는 대부분의 식물은 모종으로 데려왔다.
잘 자라서 잎과 줄기가 많아지면 더 큰 화분으로 옮겨주는데,
시간이 흘러 식물에 비해 커 보이던 화분이
작아 보이는 순간이 찾아온다.

이때 조금 더 큰 화분으로 옮겨주면
식물은 다시 성장한다.

우리가 천천히 성장하면서

더 넓은 세상으로 나아가듯이

식물의 성장 과정도

우리의 삶과 크게 다르지 않은 것 같다.

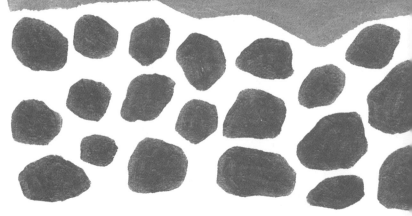

식물을 건강하게 키우려면 흙 배합도 중요하다.

얼마 전 분갈이해준 테이블야자의 배수가 잘되지 않아서

이유를 찾아보다가 배수층 만들기를 깜빡했다는 사실을 깨달았다.

그래서 배수층을 만들어줄 마사토를 구입했다.

흙과 마사토를 적당한 비율로 섞어 다시 분갈이해주었다.

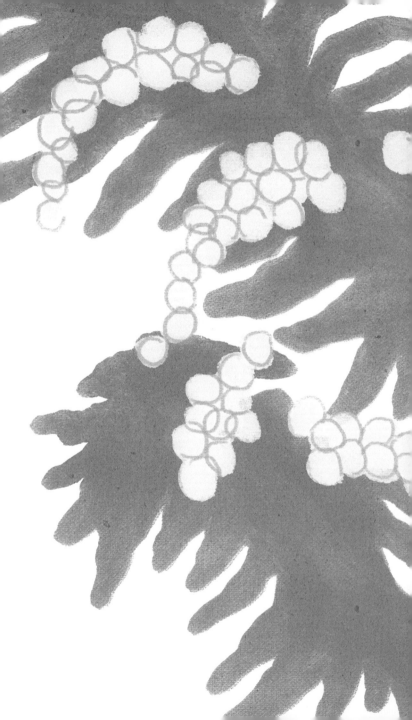

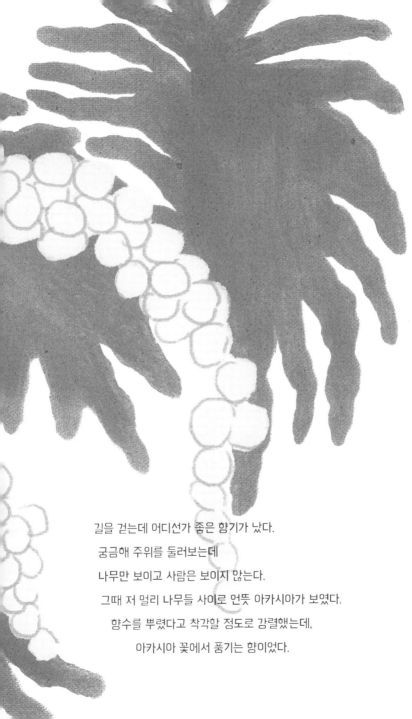

길을 걷는데 어디선가 좋은 향기가 났다.

궁금해 주위를 둘러보는데

나무만 보이고 사람은 보이지 않는다.

그때 저 멀리 나무들 사이로 언뜻 아카시아가 보였다.

향수를 뿌렸다고 착각할 정도로 강렬했는데,

아카시아 꽃에서 품기는 향이었다.

반려견과 산책하는 코스가 있다.

매번 걷는 길이지만 계절마다 다른 풍경을 볼 수 있어 좋아한다.

특히 초여름은 함께 걷기 좋은 계절.

길에 드리운 큼직큼직한 나무 그늘 덕분에

시원한 바람을 맞으며 반려견과 걷는다.

여름이 되면 모든 잎이 초록빛을 띤다.

그중에서 내가 가장 좋아하는 은행나무는

크기가 크고 잎이 많아 여름에는 그림자를 만들어준다.

가만 들여다보면 작은 새들도 쉬어 간다.

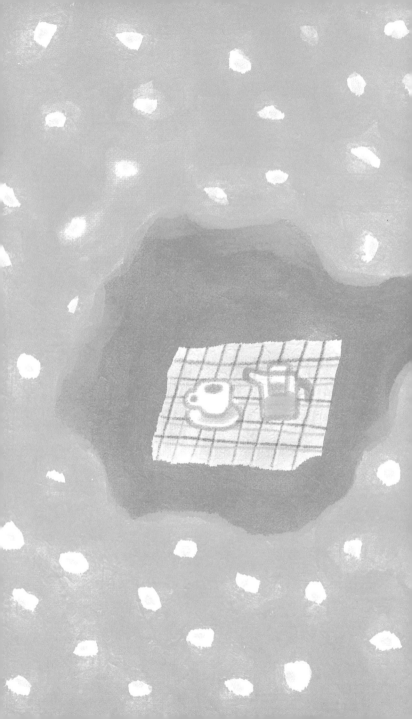

'허벌가든'이라는 허브티가 있다.
레몬그라스, 캐모마일, 페퍼민트 등
여러 종류의 허브를 블랜딩했다.
우려내는 동안 나는 향을 맡으면
나무가 가득한 숲에 있는 것만 같다.
자연에 가까운 향과 맛이 느껴진다.

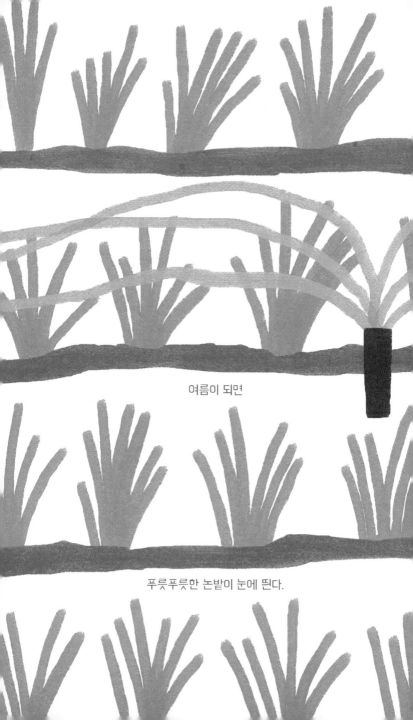

여름이 되면

푸릇푸릇한 논밭이 눈에 띈다.

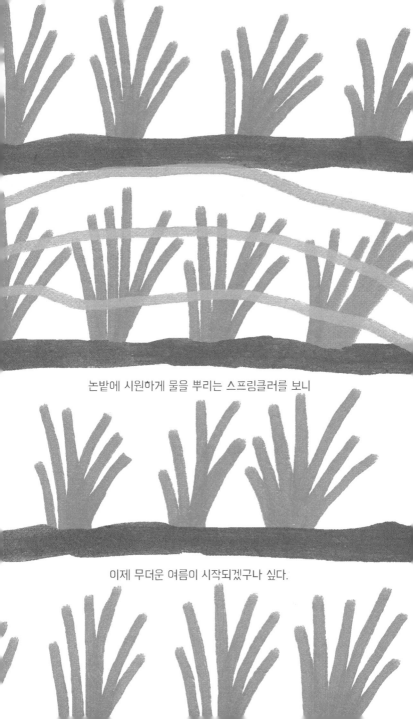

논밭에 시원하게 물을 뿌리는 스프링클러를 보니

이제 무더운 여름이 시작되겠구나 싶다.

식물을 건강하게 키우기 위해서는 바람이 잘 통해야 한다.
그런데 아쉽게도 우리 집은 여름철 통풍이 잘 안 된다.

그래서 이번 여름엔 서큘레이터를 하나 장만했다.

자연 바람은 아니지만 식물들이 건강하게 자라길 바라며.

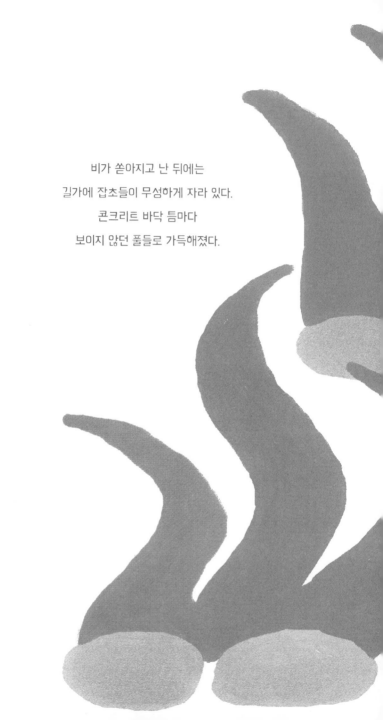

비가 쏟아지고 난 뒤에는
길가에 잡초들이 무성하게 자라 있다.
콘크리트 바닥 틈마다
보이지 않던 풀들로 가득해졌다.

이름 모를 식물들을 구경하는 재미에

오늘도 걷는다.

여름에는 습도가 높아서
어느 곳을 가든지 풀 내음이 난다.
한낮에는 더위 때문에 잠시 잊었던 풀 내음을
밤 산책하며 맡는다.
여기에 귀뚜라미 소리가 더해지면
내가 기다리던 여름이 완성된다.

식물을 키우기 전부터 즐겨 했던 인센스 수집.
그중 풀 향이 나는 인센스를 찾아 부지런히 모았다.
내가 가장 좋아하는 향은 '레인 포레스트'인데,
피우고 나면 나는 습기 가득한 숲속에 있다.

안개가 가득한 아침에
숲을 거닐면,
비가 오지 않아도
나무와 식물에 이슬이 맺혀 있다.
안개는 식물이 마르지 않도록 해준다.

그 숲에는 습기를 머금은
풀 내음이 가득하다.
숲은 자연이 키우고 돌보는
거대한 정원 같다.

집에서 나무를 키우는 것은 어려울 거라 생각했다.

아라우카리아를 키우면서 반은 맞고 반은 틀리다는 것을 알았다.

물을 주려면 옮겨야 해서 힘이 들긴 하지만,

별다른 관리를 해주지 않아도 알아서 잘 자라는 편이다.

식물마다 천차만별이겠지만 대부분 그리 어렵지 않다.

무더운 여름이 지나가고
제법 선선한 초가을 날씨가 되었다.
이제 식물을 새로 들여도 되겠다 싶어서
아비스 모종을 데려왔다.

이 식물은 마치
바다의 해초를 보는 듯하다.

경주로 여행 갔을 때, 담쟁이덩굴에 둘러싸인 주택을 보았다.
예전에는 그런 집들을 보면 으스스하게 느껴졌는데
식물과 가깝게 지내며 살다 보니
그 자연스러움이 좋아 보인다.

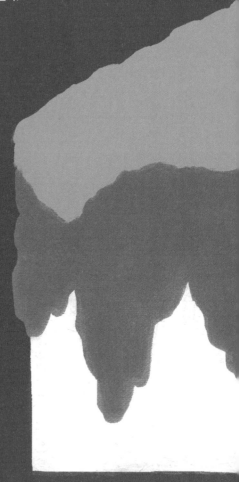

화분에 흙이 부족해 보여서 채워주다가

흙 속에서 꿈틀거리는 지렁이를 발견했다.

나도 모르는 사이에 지렁이가 화분에서 함께 살고 있었다.

아라우카리아가 아픈 데 없이 잘 지내는 비결이 여기에 있었다.

아스파라거스 나누스는 작은 숲을 연상시킨다.
그곳에 사람들이 산다면 어떤 모습일까 상상해보았다.

여유롭게 커피를 한잔하고,
몸을 쭉 펴고 스트레칭하는 모습이 그려졌다.

태풍이 지나가고 가을이 왔다.

바람이 제법 선선해져서 창문을 열어 환기시킨다.

이제 밤보다는 낮 시간에 더 걷기 좋아졌다.
달라진 모습의 바깥 식물들을 구경하는 재미가 있다.
나무가 가득한 숲으로 캠핑을 떠나면 참 좋겠다.

가을의 정취를 느끼기 위해 산에 왔다.

산에서 맡는 가을 공기는 시원하면서도 따뜻하다.

맑은 계곡물에 비치는 아름다운 가을의 정경.

따뜻한 햇살과 차가운 바람은 가을을 느끼기에 더할 나위 없었다.

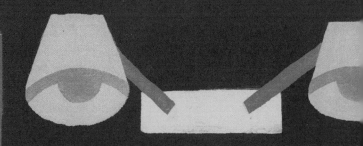

월악산 한가운데, 산장 느낌의 카페가 있다.
겉보기에는 평범하지만 카페의 테라스로 나가면
가을을 사랑할 수밖에 없는 풍경이 눈앞에 펼쳐진다.

단풍으로 물든 숲속에 잔잔한 바람이 불어
낙엽 움직이는 소리가 들리고 따스한 햇볕이 가득한 공간.

가을을 온몸으로 느끼기에 충분했다.

길을 걷다가 미세한 날갯짓 소리에 올려다보니
나무 위에 산비둘기가 앉아 있었다.

이 많은 열매가 겨울이 되면 어디로 사라지나 했는데,
배고픈 새들에게 주어지는 가을의 선물이었다.

나무에 열매가 열리면

새가 찾아온다.

석송에 관심이 생겨
오랜만에 화훼 단지에 방문했다.

석송 중에서도
스퀘어로사와
카리나타 블루클레이를
실물로 보고 싶어 찾아다녔다.

실제로 보니 너무 마음에 들었지만
생각보다 가격대가 높고
행잉 식물을 키워본 적이 없어
데려올 수 없었다.

대신 예전부터 키우고 싶었던

아스파라거스 메이리를 발견했다.

같은 종인데도 수형이 다양해서 고르기 어려웠다.

똑같아 보이지만 가까이서 보면 생김새가 다양하다.

한참을 서서 고민하다가

가장 마음에 드는 것으로 골라 왔다.

슬슬 집 안에도 차가운 공기가 느껴진다.
제법 쌀쌀해진 날씨 때문에
실내라도 창문 근처엔 찬기가 돈다.

식물들에게 더 따뜻한 안쪽 공간을 내어줘야겠다.

겨울의 찬 공기를 느끼고 싶어서
지리산으로 여행을 떠났다.

겨울 산속 공기가 맑고 상쾌해서
마음까지 정화되는 기분이다.
타닥타닥 타는 장작 냄새가 풍기면
차갑기만 하던 겨울이 따스해진다.

지리산 둘레길을 따라가다 보면 멋진 공간이 나온다.
깊은 산속 산장이 떠오르는 노상 카페.
차디찬 바람이 부는 날씨지만
따뜻한 햇살을 맞으며 따뜻한 커피를 한잔 마시니
추운 날씨도 금세 잊어버렸다.
가만히 앉아 고요한 지리산의 겨울을 감상했다.

둘레길을 걷던 중 모과나무를 발견했다.
걸어온 길을 돌아보니 마른 낙엽더미 속
군데군데 모과들이 떨어져 있었다.

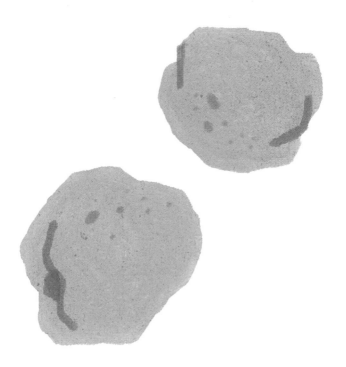

무채색의 겨울에 노란색 모과들이

전구가 된 듯 세상을 밝혀주고 있었다.

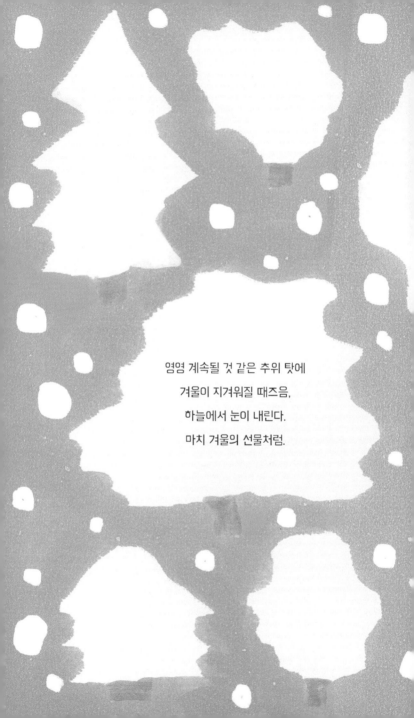

영영 계속될 것 같은 추위 탓에

겨울이 지겨워질 때즈음,

하늘에서 눈이 내린다.

마치 겨울의 선물처럼.

나뭇가지만 남은 나무 위에는
하얀 눈이 쌓여 새하얀 나무가 되고,
온 세상이 새하얀 눈으로 뒤덮인다.

크리스마스가 오기 전에
트리로 꾸밀 아라우카리아에
어울리는 오너먼트를 찾아봐야겠다.

크리스마스가 더욱 기다려진다.

털실 방울로 만든 오너먼트가 눈에 들었다.
플라스틱 오너먼트보다는 환경에 덜 유해하고
보다 가벼워서 선택했다.

오너먼트를 만드는 방법은 간단하다.

재료는 세 가지.

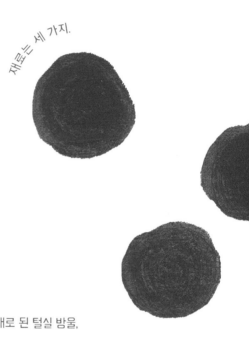

빨간 색상의 울 소재로 된 털실 방울,
그리고 초록 계열 색상 실과 바늘만 있으면 된다.
방울에 실로 고리를 만들어 매듭을 지어주고 나서
식물의 잎줄기 끝부분에 매달면

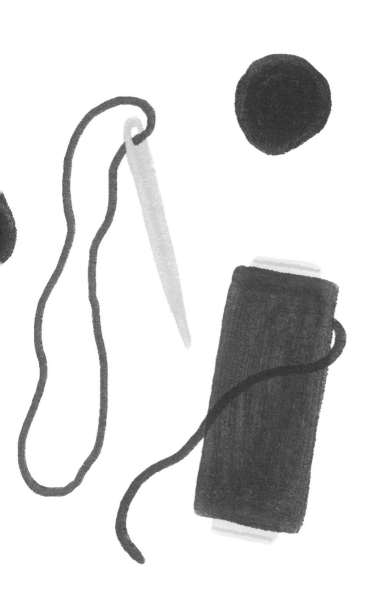

멋진 크리스마스트리 완성!

작년 크리스마스 즈음부터 키운 아라우카리아가
변함없이 나의 공간에 있어줘서 고맙다.

연말에 이곳저곳에서 트리를 볼 때마다
한 해를 잘 마무리했다고 위로받는 기분이다.
나는 아라우카리아를 보며
집에서도 크리스마스 분위기를 누린다.

새벽녘 도야호수 앞 노천탕에 앉아
새하얀 함박눈이 내리는 모습을 바라봤다.
고요함 속에서 나와 호수, 그리고 눈만이 존재하는 세상이었다.
이날 이후로 고요한 겨울을 좋아하게 되었다.

영화 「러브레터」는 눈으로 덮인 북해도의 겨울을 담았다.

내가 좋아하는 겨울만의 따뜻함이 느껴진다.

따뜻하다고 느끼는 이유는 포근한 눈 때문이 아닐까.

자전거를 타고 제주도 구석구석을 누볐다.

지나는 길목마다 마주친 것은 귤밭이었다.

한창 귤 철이라서 나무에 귤이 주렁주렁 가득했다.

제주도에 온 것을 실감하게 해주는 이 풍경이 좋다.

사람이 많이 살지 않는
조용한 마을 종달리는
사람 소리보다 새소리로 가득하다.

바다가 보이는 마을 하도리는
잔잔한 파도 소리로 가득하다.

풍경이 아닌 자연의 소리가
그곳을 존재하게 하고 기억하게 만든다.
나는 소리를 추억으로 담아 간다.

제주도의 섬 속의 섬, 우도는

물이 정말 맑아 산호와 해초가 잘 보인다.

산에 숲이 있다면 바다에는 바다숲이 있다.
잔잔한 물결에 살랑살랑 움직이는 해초들이
꼭 바람에 넘실거리는 들판 같다.

지역마다 정원의 특색이 있다.

제주도의 정원은 제주 바다와 많이 닮았다.

구멍이 숭숭 뚫린 검은 현무암과
자연스럽게 핀 야생화를 바라보고 있으면
제주 바다가 떠오른다.

제주에서
규모가 가장 크다는
제주민속오일장에 갔다.
화훼 코너도 있었는데
생각보다 규모가 커서
구경하는 재미가 있었다.

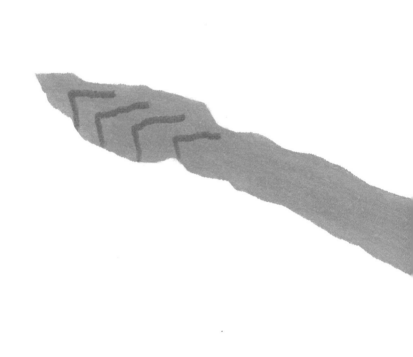

아스파라거스 나누스에 귀여운 새순이 올라왔다.
가까이서 보니 생김새가 식용으로 먹는 아스파라거스와 닮았다.
문득 식용으로 먹는 아스파라거스의 성장 과정이 궁금해졌다.

텃밭에서 식탁에 오기까지, 아스파라거스는 어떤 과정을 거칠까?

아스파라거스를 삼 년 이상 키우면 뿌리가 단단하고 굵어진다.

그 뿌리를 잘라내 새로 심으면

크기가 큰 아스파라거스 새순이 자란다.

굵은 새순이 여럿 올라오면

줄기가 길어질 때까지 물을 주며 키운다.

줄기가 많이 자라면

너댓 개의 줄기를 남기고 새순 부분을 수확한다.

이렇게 수확한 아스파라거스 새순은

우리가 식탁에서 보는 채소, 아스파라거스가 된다.

삼 년에서 오 년간 식물로 살다가 뿌리가 성숙해지면

텃밭에서 우리의 식탁으로 온다.

어디서든, 어떤 환경에서든

잘 살아가는 식물이 있다.

사람의 손길이 닿지 않는 공간에는
이름 모를 풀들이 가득하다.

자연스럽게 자리 잡은 풀들이 모여

새로운 생태계를 만들어낸다.

자연스레 만나서 그런지

모습이 서로 달라도 전혀 어색하지 않다.

나의 단조로운 일상에 좋은 영감을 주는 것은 자연이다.

자연은 누군가의 소유물이 될 수 없고, 누구에게나 공평하게 주어진다는 점도 내가 자연을 사랑하는 이유가 되고요.

그저 바라만 봐도
누구나 같은 행복을
누릴 수 있어서 소중하다.

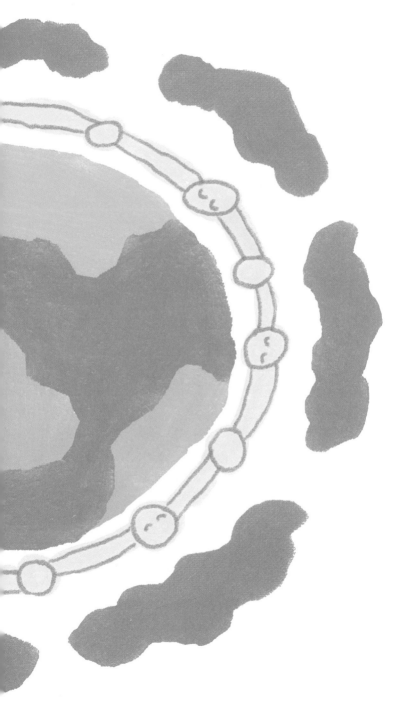

암상한 가지뿐이던 버드나무에 초록 잎이 가득해지면,

봄이 다가왔다는 것을 느낀다.

겨울과는 다른 온기가 느껴지는 바람과

여름의 햇살과는 다른 적당한 온도의 햇빛이 봄 소식을 알린다.

기차를 탈 때면 창밖을 구경하는 걸 좋아한다.
멋진 풍경이 보이면 사진을 찍고,
지도 GPS를 켜서 위치를 저장해둔다.
다음에는 저곳에 가보리라 다짐하면서.

시간이 흘러 그 장소에 가보면 감동이 더 크게 다가온다.

어쩌면 무심히 지나칠 수 있었던 미지의 장소가

행복한 기억을 남기기도 한다.

삶에서 행복을 찾는 일은
클로버가 가득한 들판에서
네잎클로버를 찾는 것과 같다.

잘 보이지는 않지만
가까이에 있고,
어디에든 존재하니까.

자연 오케스트라의 연주는 바람이 불면 시작된다.

나무와 꽃들이 이리저리 춤을 춘다.

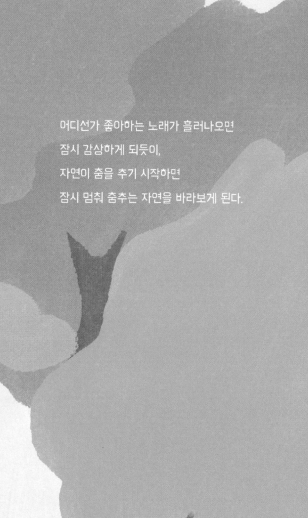

어디선가 좋아하는 노래가 흘러나오면
잠시 감상하게 되듯이,
자연이 춤을 추기 시작하면
잠시 멈춰 춤추는 자연을 바라보게 된다.

여름에는 겨울의 시원한 바람이,
겨울에는 여름의 따스함이 생각난다.

여름이 되면 눈으로 가득 찬 새하얀 풍경이,
겨울이 되면 여름의 푸릇푸릇한 초록 나무가 그립다.

내가 모든 계절을

사랑할 수밖에 없는 이유다.

단조로운 일상 속
우연히 마주한 행복,

찰나의 순간과 감정

초록을 기록하며 내 하루가 소중해졌다.

이듬해 여름이 기다려진다.

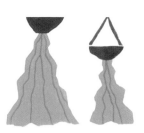

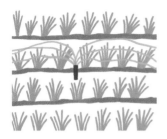  

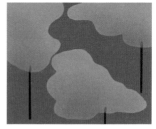

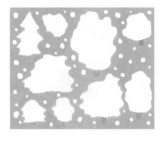

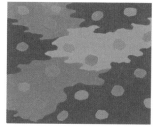

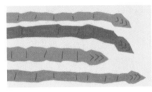

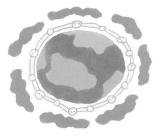

# 초 록 채 집

**1판 1쇄 인쇄** 2023년 4월  5일
**1판 1쇄 발행** 2023년 4월 26일

**글·그림** 정현

**발행인** 양원석 **편집장** 차선화 **책임편집** 이슬기
**디자인** 최승원 **영업마케팅** 윤우성, 박소정, 이현주, 정다은, 박윤하

**펴낸 곳** ㈜알에이치코리아
**주소** 서울시 금천구 가산디지털2로 53, 20층 (가산동, 한라시그마밸리)
**편집문의** 02-6443-8916  **도서문의** 02-6443-8800
**홈페이지** http://rhk.co.kr  **등록** 2004년 1월 15일 제2-3726호

**ISBN** 978-89-255-7662-6 (03810)